Marc Degens

Man sucht sich

SuKuLTuR
2005

Titelillustration:
„Sein & Zeit" von Lillian Mousli, 1995

klimaneutral

Schöner Lesen Nummer 2
ein SuKuLTuR-Produkt
2. Auflage Februar 2005 *(1. Auflage 6/1996)*
Alle Rechte vorbehalten
»Man sucht sich« © Marc Degens
Druck: DDZ-Berlin

    sukultur@satt.org
    --> www.sukultur.de

ISBN: 3-937737-02-2

Ich sehe das Fenster

Man kann es öffnen & schließen
Man kann es bemalen oder zerschlagen
Man kann es mögen, berühren, beschmutzen
Man kann es ignorieren oder durchschauen
Man kann es küssen, hassen, essen
Man kann so &/oder so

Ich sehe das Fenster
den Terror der Welt

H.s Lebensfreude

Der Melancholiker
der schwarze Prinz
läßt sich heute adoptieren
Bedrucktes Papier sagt lange schon nichts mehr

Zwischen den Zeilen
hört der Leser
herrliche Musik
Denn was steht Schlimmes in den Feuilletons?

Das Kino zeigt
die Welt ohne Nachrichten
& selbst meine Sprache verkommt
Zu Erheiterung

Gespenster spuken nachts im deutschen Land umher
doch sie sind erfreulich leicht zu übersehen

Der Kopf des Täufers
>   nach Francesco del Cairo

Johannes
makellos schaust du aus
so segensreich schlafend
mit offenem Mund
geschlossenen Augen
& prachtvollen Locken
Vollendet serviert
auf dem großen Tablett
Doch wo ist der Rest?

Täufer
dein Leben
bildete einen Gleichklang
aus Reinheit
& Glauben
Also warum schaust du
so ängstlich nach oben?
Bist du dir der Zukunft
nicht mehr gewiß?

Francesco
du hast
ein Kunstwerk erschaffen
Aber Stolz
& Glück
empfindest du nicht
Denn schließlich

bist du tot

Lea

Landschaft erzählt bereits einiges.

Doch genau hier beginnen die Schwierigkeiten. Meine Schwierigkeiten, von einer Erscheinung zu erzählen, die sich so in meiner Erinnerung eingerichtet hat, daß es mir allein schon unmöglich ist, ihr Äußeres zu beschreiben. Ich vergaß ihr Aussehen, ihre Figur, ihre Augen- und Haarfarbe, und kann noch nicht einmal sagen, ob sie schön war.

Ich lernte Lea in Dänemark kennen und bereue es bis heute, daß ich damals so jung war. Lea war Anfang zwanzig – und wäre ich älter als sechzehn gewesen, hätte ich sie wohl besser verstanden.

Sie zog mit drei Freunden quer durch das Land. Die vier übernachteten in Jugendherbergen oder einfach auf einer Wiese. Tagsüber gingen sie in die Städte. Sie musizierten, zeichneten Porträts von Passanten, boten selbstgemachten Schmuck an, bogen aus Draht Namensbroschen oder flochten Zöpfe. Von den Einnahmen lebten sie so gut, daß neben dem Essen immer etwas Geld für Zugfahrten, Briefmarken und Reisesouvenirs übrigblieb. Wenn sie in den Fußgängerzonen der Städte weilten, verfärbte sich ihre Umgebung. Niemand konnte an ihnen vorbeigehen, ohne ein paar Minuten ihrem Treiben zu folgen.

Ich traf die vier in Kopenhagen und wurde sofort in ihren Bann gezogen. Während ich stundenlang in der Menschenmenge um sie herum stand, wuchs meine Bewunderung stetig. Irgendwann ging ich auf sie zu und fragte, ob sie mir einen Musikwunsch erfüllen können. Lea lachte: *Aber nur wenn du singst*. Sogleich spielte der Gitarrist eine Melodie, und ich begann das Lied zu singen, von dem ich nicht einmal den genauen Text kannte.

Danach wollte ich nicht mehr zu den Zuschauern und Zuhörern zurück und fragte Lea, ob ich bei ihr bleiben könne. Bis in den Abend hinein habe ich dann Schmuck verkauft, Tambourin gespielt, Geld kassiert oder Menschen mit Brunnenwasser die Haare gewaschen. Ich blieb sechs Tage.

Diese Tage waren so lebendig, intensiv und rauschhaft, daß ich mich nicht mehr an sie erinnern kann. Immer wieder fallen mir Bruchstücke ein. Nebensächlichkeiten. Unbedeutsames, das sich im einzelnen nicht zu erzählen lohnt. Leider kann ich das Nachdrückliche dieser Zeit, das, was mich so sehr veränderte und viel zu meiner heutigen Eigenart beitrug, nicht niederschreiben – zu verwoben sind diese Eindrücke in meinem Gedächtnis.

Es nützt nichts, wenn ich beschreibe, wie aufmerksam Lea die Gehwege nach Kleingeld oder anderen Auffälligkeiten absuchte, um, wenn sie etwas Bemerkenswertes fand, darauf zu deuten und schließlich weiterzugehen, ohne jemals etwas aufzuheben. Wie kann man den Wert eines Gespräches beschreiben, dessen Inhalt zweitrangig ist?

Einst sahen Lea und ich aus dem Fenster einer Pension eine Taube im Garten umherhüpfen. Anscheinend konnte sie nicht fliegen. Ich erschrak, als ich im angrenzenden Dickicht eine Katze erspähte, die der Taube auflauerte. Ich rannte hinaus in den Garten und sah, daß die Katze sich auf ihr Opfer stürzte. Heftig trat ich nach dem Tier, das aufheulte und jankend davonlief. Ich wollte mich um die Taube kümmern, doch als ich mich nach ihr umdrehte, trippelte sie schon eilends davon. Am anderen Morgen entdeckte Lea auf der Straße vor unserer Pension eine tote, überfahrene Taube. Ich bin sicher, daß es dieselbe Taube war.

Gestern Nacht habe ich von Lea geträumt und mich nachher dazu entschlossen, diesen Text niederzuschreiben. In dem Traum liefen Lea und ich ohne ein Ziel, dennoch gedrängt von der Zeit, durch einen unwegsamen ursprünglichen Wald. Vielleicht einen tropischen Regenwald. Erschöpft erreichten wir einen Fluß, gingen das Ufer entlang, bis wir auf einen Hubschrauber stießen. Obwohl sich keiner von uns beiden mit dem Helikopter auskannte, konnten wir ihn zum Starten bringen. Der Rotor zog laute Kreise, wir hoben ab und flogen. Den Fluß entlang, dann über den Urwald. Mal höher, dann wieder etwas tiefer. Irgendwann landeten wir, obwohl noch ausreichend Treibstoff vorhanden war, sprangen heraus und liefen, weil uns im Hubschrauber langweilig wurde, zu Fuß weiter.

Lea war glücklich und liebte. Unzählige Menschen. Um so unverständlicher erschien mir ihr Entschluß, den sie mir am Tage unserer Trennung mitteilte. Ich fragte, wann wir uns wiedersehen würden. Nie mehr, sagte sie, denn im Herbst würde sie sterben. Ich verstand nicht, fragte nach, weinte, schrie und wollte sie von ihrem Vorhaben abbringen – doch ich versagte! Sie schwieg, erklärte sich nicht und lachte mir bei unserem Abschied nach. Ich habe sie nie mehr gesehen.

Ich weiß, Lea liebte bis zu ihrem letzten Tag. Und am Ende liebte sie den Tod. Sie war meine Schwester – ich weiß nicht einmal, ob es sie wirklich gab.

Barbarische Antwort
    & ein schlechtes Beispiel für Lyrik nach Auschwitz…

Jüngst lag ich, schlief ich, unterm Gotteszelt
wie satte Wölfe & ein furchtlos Lamm
Ein Lindenbaum nahm mir die Sonnenwelt
doch herrlich war's gelehnt am breiten Stamm
Was kann das Braun! Nazibraun! Nazi!

Frühling

Ihre Wiederentdeckung feiern die Straßencafés
& auch ich sitze dort
einen Kindereisbecher speisend

Ich nehme der bunten Masse ihre Parade ab
lautlos bezweifelnd
daß es hier so viele Menschen gibt

O Frühling
ich verlieb' mich täglich hundertmal
doch das hat nichts zu bedeuten

Die ewige Farce

Alkoholgetränkt

Er trank Bier statt Wein

geht er im Saal

Es ist nur ein Badezimmer

auf &
ab & ab
& auf
sich an einem Blatt Papier festhaltend
& spricht
die dort niedergeschriebenen eigenen Zeilen

Warum greift er nicht ins Bücherregal?

Seine Lyrik ist Prosa
& Prosa ist dumm

Der sechste Weg

Unsere Liebe, sagt er ins Dunkel, ist nicht von dieser Welt. Er dreht sich auf den Rücken, seine Augen gewöhnen sich an das schwarze Licht. Glaubst du nicht auch?

Er wartet ihre Antwort nicht ab und drückt ihren Körper noch fester an sich.
Wir sind uns so nah. Wäre ich eine Frau, ich wäre wie du. Du bist mein Spiegelbild.

Sie schlüpft aus seiner Umarmung, küßt seine Brust.
Unsere Liebe ist anders. Wir haben uns entdeckt. Wir sind füreinander bestimmt. Liebe ist kein Zufall.

Seine Hände kämmen ihr Haar. Sie kann seinen Herzschlag hören.
Unsere Liebe ist gewollt. Von irgendetwas gewollt. Nichts kann uns trennen, auch nicht der Tod. Wir werden immer weiterleben. Gemeinsam, glücklich, zu zweit. Als Stein vielleicht. Glas. Oder Planet. Für immer.

Sie taucht ab in die Tiefen seines Körpers. Sie berührt den Penis, schiebt die Vorhaut zurück. Er zeigt ihr seine wahre Größe. Sie öffnet den Mund. Ihre Wangen zeigen seine Konturen: Gott tritt in den Raum.

Marsch

In Uruguay, in Uruguay
da geht die Zeit so schnell vorbei

Gestern Nacht
schmeckten ihre Küsse chemisch

Ich fühle mich hin
& her gerissen
zwischen Freiheit & Pflichten
Liebe & Lust
Eintracht & Zweisamkeit

    Ich krieg noch ne Lungenentzündung

Eigentlich
rede ich nur so vor mich hin

Miniatur (4)

Auf der siebzehnten Seite
in dem Oktavheft
in das er immer seine Textentwürfe eintrug
fand der Dichter ein ihm unbekanntes
Schamhaar

Er legte es zu den anderen

Das Grauen

Du sagst
sie habe dir
im Telefongespräch gesagt
daß sie gerade
ihren Kot aß

   Scheiden

   Wenn Worte statt Sinne ringen
   stürzen höchstenfalls Fassaden

   Die Sprache macht vergessen
   daß ein Mensch
   aus einem Leben tritt

Das Abbild

In dem Fenster der Straßenbahn sehen mich die Menschen. Jeder Halt bereitet mir Unwohlsein, ich wünsche mich in Bewegung. Da die Dunkelheit schon Einzug in die Stadt hielt, beherbergt die Straße nur noch wenige Passanten. Meist mustern mich die Insassen der überholenden Automobile.
Ich bin auffällig wie ein geschmückter Weihnachtsbaum, hoffe ich.
Mir kommt das Bild des Kleinkindes in den Sinn, das, von seiner Mutter gehalten, auf den Gehweg einer stark befahrenen Straße pinkelte. Doch das geschah am hellichten Tag.

> Wir sind mitten im Geschehen
> und x-mal vorhanden.

Die gläserne Leinwand zeigt das lebensgroße Abbild einer jungen Frau. Etwas hat sich verändert. Ich würde mich ärgern, wäre sie nicht so wunderschön. Spiegelverkehrt betrachte ich ihre Bewegungen, ihr Verharren, ihren Schein. Sie erinnert mich an eine Comicfigur, die ich liebe.
Die Umwelt verschwimmt, kein Blick weicht von ihr. Eine Stimme ruft „Endstation" aus. Ich schließe die Augen und sehe ein Stück Weltall.

In Finnland fährt niemand einen Fiat Uno
Kein Liebesgedicht

Wie soll ich was bloß sagen?

Man kann es weder riechen
noch hören
noch schmecken
Dabei geht es durch den Magen

Nicht sehen
nicht fühlen
höchstens erahnen

Ich bringe dir mein Maximum
an positiven Gefühlen
entgegen

Es ist schon komisch
was ein Tag
so bringt

Was bringt?

Eifersucht

die durchdringendste Leidenschaft
eine Entzugserscheinung

Warum läßt du meine Schmerzen zu?

Du mußt doch nur tun
was ich mir wünsche

Ich spüre die tatsächliche Liebe
     & deren Grenzen

Die Vorstellung entzweit
Ich kenne weder Ursache
noch Wirkung

Melancholie
& Haß
& Leiden

Wieso bin ich allein
obwohl es dich doch gibt?

Dunkelheit

Stichdunkeldüsterfinsterlichtlosesverlöschtüberwölkendes Nichts
der Vorgeschmack des Nachher
endgültig allein

Bewegungslos
aufgrund meiner Blindheit
höre ich
etwas
schmecke ich
      nichts
fühle ich
mich

Ist dort jemand?

Alles wirkt gleich
Gleichheit macht wunschlos
das wünsche ich keinem

Angstangst

Angst zu sterben
ringen nach Luft

In der Ecke
hinter der Heizung
an der Wand
in der Ritze
auf dem Schrank
an der Straße
vor dem Haus
überall
jenseits
& hier
stößt mir etwas zu
verletzt mich
am Kopf
an der Hand
am Beim
frißt
mich
meinen Kopf

Krankheit

& Spinnen
Höhen
Brücken
Bazillen
Gewitter
Zimmer
Fahrstühle
Hunde
Blut
Betrug
Dunkelheit
Tod

Tod

aufgetürmte Diatomeenpanzer
der endgültige Übergang

Auf dem Heimweg rauschende Nacht

Das Gesicht
mit den silbernen Locken
des beinahe achtundsiebzigjährigen Körpers
klebt so barbarisch
an der Windschutzscheibe

Nur einen Moment
gab ihr Sohn nicht acht
& kriegte nicht die wichtige Kurve
Das Fahrzeug
wird wahrscheinlich gänzlich ersetzt

Und du? Dein Tod?
Das Ovum eines neuen Tages
Denn wenn es Sein gibt
dann kann es nicht Nichts geben

Die Stahltür läßt sich nur schwer öffnen, um dann um so wuchtiger ins Schloß zu fallen. Dieser Lärm bleibt neben meinen Schritten das einzige Geräusch, das ich von nun an höre.
Der Flur mißt über zehn Meter. Das ist ungewöhnlich für ein so schmales Gebäude.
Ich laufe an den Wänden entlang und versuche, nicht die Türen zu zählen, die sich bloß in der Anordnung zueinander unterscheiden.
Der Flur endet in einem Treppenhaus. Nach oben, denke ich.
Ich überwinde sieben Stufen, ändere auf einem Treppenabsatz meine Laufrichtung und erklimme wiederum sieben Stufen, um mich auf der nächsthöheren Etage neu zu orientieren. Bei meinem Marsch entdeckte ich bislang weder Buchstaben noch Ziffern noch Zeichen. Ich gehe weiter.
Eine, zwei, drei, vier Etagen höher verläßt mich mein Befremden. Es kommt mir vor, als ob die Zeit drängt.
Ich betrete einen Flur, den ich bereits kennen könnte. Er mißt über zehn Meter.
Ich gehe auf die dritte Tür zu. Die drei könnte meine Glückszahl sein.
Ich öffne die Tür, betrete den Raum, schließe hinter mir die Tür.

Marc Degens, geboren 1971 in Essen, lebt seit 1999 als freier Schriftsteller in Berlin. Er ist Herausgeber des Internetkulturmagazins *satt.org* und Mitglied der Popformation *Superschiff*.
Zahlreiche Einzelveröffentlichungen, u. a. *Unsere Popmoderne* (Erzählungen, Frühjahr 2005), *Rückbau* (Erzählung, 2003), *Vanity Love* (Roman, 1997).
Weitere Informationen: www.marcdegens.de

LGX Lillian Mousli, Comiczeichnerin und Malerin, geboren 1960 in München, lebt seit 1983 in Berlin. Zahlreiche Ausstellungen im In- und Ausland. Sie zeichnet für Zeitungen und Zeitschriften, ihre Bücher erscheinen in Deutschland und den USA. Auswahl: *Das Gruselalphabet* (1993), *Liebe in Zeiten der Drachen* (1996), *Stray Cats* (1998), *Die Augen der Angst* (2000). Mehr: www.mousli.com

SuKuLTuR präsentiert:
Die BOX
Schöner Lesen 1 – 100

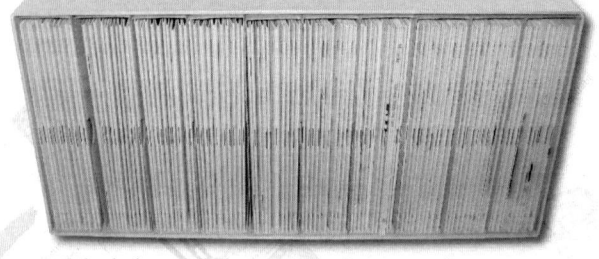

100 Lesehefte im Schuber
ca. 2000 Seiten

limitiert und nummeriert
222 Exemplare · 111 Euro

Kiki Adamek · Ana Albero · Paul Anton Bangen · Javier Barilaro · Stephan Bartels · Benjamin Barthold · Simone Bauer · Fehmi Baumbach · Bdolf · Timo Berger · Viola Binacchi · Mike Bols Tom Bresemann · Al Burian · Christine Caballero · Ann Cotten · Crauss · Washington Cucurto Dietmar Dath · Marc Degens · Tanja Dückers · Denise Duhamel · Gerald Fiebig · Fil · Frank Fischer · Torsten Franz · Matthias Fritz · Lucie Göpfert · Tolya Glaukos · Andrej Glusgold Tosca Hall · Johnny Haeusler · René Hamann · Iris Hanika · Harald Harzheim · Hel · Aline Helmcke · Wolfgang Herrndorf · Herbert Hindringer · Sascha Hommer · Esther Horn · Fritz Hornäk · Kaaja Hoyda · Martin Jankowski · Jule K. · Ole Kaleschke · Adrian Kasnitz · Alexa Kaufhof · Myriam Keil · Daniel Ketteler · Björn Kern · Ilse Kilic · Axel Klingenberg · Christoph Kopac · Mark Kubitzke · Björn Kuhligk · Mascha Kurtz · Stan Lafleur · Petra Lang · Maik Lippert · Inga Lippmann · Antje Majewski · Sarah Manguso · Jeffrey McDaniel · Eva-Christina Meier · Thomas Meinecke · Michaela Melián · Jörn Morisse · Wolfgang Müller · Lillian Mousli Ingo Niermann · Kristina Nowothnig · Cecilia Pavón · Marion Pfaus · Kai Pohl · Alek Popov Anna Quinkenstein · Lothar Quinkenstein · Udo Smialkowski · Annabelle von Sperber · Frank Sorge · Enno Bodo Rott · Renata Rusnak · Tatjana Scheel · Jochen Schimmang · Stefan Schmitzer · Martin Z. Schröder · Karlyce Schrybyr · Tom Schulz · Camilo Seifert · Johanna Seipelt · Alexander Sitzmann · Natalia Sniadanko · Lothar Quinkenstein · Johann Reißer · Nikola Richter · Monika Rinck Stahl · Julia Steffen · Thomas von Steinaecker · Ulrike Sterblich · Rainer Stolz · TeER · Tom Gisela Trahms · Jeghische Tscharenz · Klaus Ungerer · Linus Volkmann · Andreas Vogel Thomas Vorwerk · Achim Wagner · David Wagner · Stese Wagner · Moritz Weber · Ruud van Weerdenburg · Karsten Weyershausen · Fritz Widhalm · Ron Winkler · Karin Wöhrle · Barbara Wrede · Ulf Erdmann Ziegler

SuKuLTuR · Wachsmuthstraße 9 · 13467 Berlin · www.sukultur.de